HENRI DE BORNIER

ATTILA

A PROPOS D'UN DRAME NOUVEAU

EXTRAIT DU *CORRESPONDANT*

PARIS

E. DENTU
LIBRAIRE-ÉDITEUR
17 ET 19, GALERIE D'ORLÉANS
(PALAIS-ROYAL)

JULES GERVAIS
LIBRAIRE-ÉDITEUR
29, RUE DE TOURNON, 29
PRÈS LE PALAIS DU SÉNAT

1880

ATTILA

HENRI DE BORNIER

 ATTILA

A PROPOS D'UN DRAME NOUVEAU

EXTRAIT DU *CORRESPONDANT*

PARIS

<table>
<tr><td>E. DENTU
LIBRAIRE-ÉDITEUR
17 ET 19, GALERIE D'ORLÉANS
(PALAIS-ROYAL)</td><td>JULES GERVAIS
LIBRAIRE-ÉDITEUR
29, RUE DE TOURNON, 29
PRÈS LE PALAIS DU SÉNAT</td></tr>
</table>

1880

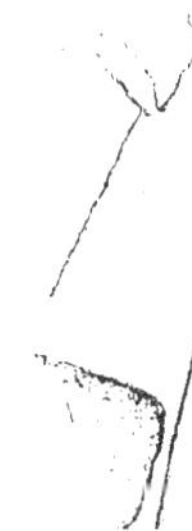

ATTILA

A PROPOS D'UN DRAME NOUVEAU

I

Le théâtre de l'Odéon (et je remercie son directeur, M. Du Quesnel, qui a eu ce rare courage) doit représenter prochainement un drame: *les Noces d'Attila*, en quatre actes, en vers.

J'ai l'habitude, — l'habitude paraîtra mauvaise à ceux qui veulent produire vite et souvent, — j'ai l'habitude de choisir l'idée philosophique avant de chercher le fait dramatique qui doit la mettre en lumière. L'idée des *Noces d'Attila* est fort simple : tout vainqueur se détruit lui-même par l'abus de la victoire, voilà l'idée philosophique; un tigre veut manger une gazelle, mais la gazelle se fâche, voilà le fait dramatique.

L'idée est certainement juste; le fait est-il suffisamment dramatique? Le public en jugera dans sa bienveillance ou dans sa rigueur.

Mais ce fait dramatique, la lutte du tigre et de la gazelle, étant encore à l'état abstrait, il restait à trouver l'époque, le pays, les hommes, l'heure de l'histoire, où cette lutte paraîtrait le plus vraisemblable et intéressante. Après bien des hésitations, j'ai choisi le temps et le personnage d'Attila, précisément parce que le temps est obscur et le personnage peu connu.

Dans la première moitié du quatrième siècle, une ombre épaisse couvre les événements; cent nations se heurtent comme dans un amoncellement de nuages, mais l'ombre qui est sur l'âme des hommes est plus épaisse encore; il n'y a de clair et de simple que quelques actions célèbres : le pape Léon arrêtant Attila aux bords du Mincio; Geneviève retenant pour la défense de Lutèce les mariniers de la Seine; Aignan, l'évêque d'Orléans, défendant la ville contre l'invasion soudaine; mais pourquoi Attila passe-t-il sans attaquer Paris, pourquoi recule-t-il devant le pape? En dehors des légendes pieuses, rien ne l'explique suffisamment. M. Amédée Thierry pense qu'Attila voulait humilier et détruire plus complètement le pouvoir de l'empereur de Rome en lui refusant ce qu'il accordait au pape; mais où en est la preuve? Qui est-ce qui a lu dans l'âme de ce barbare étonné et peut-être inconscient de sa gloire? Qui sait si Raphaël n'a pas vu plus juste que l'historien?

D'ailleurs, on ne connaît jamais des hommes tels qu'Attila; ils seraient hors d'état de se connaître eux-mêmes, et n'y font aucun effort, pas plus que l'ouragan ne cherche à savoir qui le pousse. Est-ce que nous connaissons Napoléon placé si près de nous et sur qui les documents abondent? Le poète, plus libre que l'historien, regrette déjà l'arrêt qu'il vient de prononcer. Lamartine (le fait est curieux et peu connu) avait terminé l'ode sur *Bonaparte* par ces trois vers :

> Qui peut sonder, Seigneur, ta clémence infinie?
> Et vous, fléaux de Dieu, qui sait si le génie
>   N'est pas une de vos vertus!

Eh bien, dans la dernière édition de ses œuvres, Lamartine corrigea ainsi ces deux vers :

> Et vous, peuples, sachez le vain prix du génie
>   Qui ne fonde pas des vertus!

La retouche n'est peut-être pas très heureuse, mais Lamartine l'explique ainsi dans son commentaire : « La dernière strophe surtout est un sacrifice immoral à ce qu'on appelle la gloire. Le génie par lui-même n'est rien moins qu'une vertu; ce n'est qu'un don, une faculté, un instrument; il n'expie rien, il aggrave tout. Le génie mal employé est un crime plus illustre; voilà la vérité en prose. J'ai corrigé ces deux vers qui pesaient comme un remords sur ma conscience. »

Ainsi nous échapperont toujours ces passants mystérieux de l'histoire, les Napoléon comme les Attila. Dieu seul les connaît et les peut juger; l'historien se trouble devant eux, et le poète craint également de les condamner et de les absoudre. Mais, s'il nous est difficile, pour ne pas dire impossible, de les juger comme hommes, ils nous appartiennent comme types; il est permis au poète, à l'auteur dramatique, d'emprunter à chacun d'eux quelques traits dont il composera une image qui sera l'image d'eux tous. Peut-être même la vérité est-elle là; ces hommes exceptionnels ont peut-être une âme qui leur est commune; ils se succèdent et se remplacent dans l'histoire comme ces volcans dont l'un s'éteint quand l'autre s'allume; ce n'est pas le même cratère, mais c'est le même feu.

C'est ainsi que le drame les retrouve pour venger le monde sur

leur mémoire : ils avaient fait des hommes de la chair à catapulte
ou de la chair à canon ; le poète à son tour fera de leur mémoire
de la chair à tragédie.

Qu'on ne s'y trompe point toutefois. On ne saurait sans injustice
confondre Napoléon et Attila. L'organisateur de la nouvelle société
française, l'auteur du Concordat, l'homme qui a donné son nom à
nos codes, le soldat de la campagne d'Italie est certainement d'un
génie bien supérieur à celui d'Attila ; mais, par malheur, sur d'autres
points, la ressemblance est frappante : Napoléon jette le Midi contre
le Nord, comme Attila jetait le Nord contre le Midi ; la bataille de
Leipzig rappelle la bataille des Champs Catalauniques, et Attila fiancé
à la petite-fille du grand Théodose fait songer à Napoléon épousant
Marie-Louise.

Quoi qu'il en soit, j'ai considéré Attila comme le type de tous ces
fléaux de Dieu qui viennent, sous des noms différents, battre la
moisson humaine ; et on ne s'étonnera pas si j'ai emprunté à quelques-
uns de ses pareils des idées, des sentiments, des instincts qu'il
devait avoir également : le drame assemble ce qui se ressemble.

Sans insister davantage sur ces considérations, je veux donner ici
une sorte d'historique littéraire sur Attila, et montrer comment cette
figure effrayante a été comprise des historiens, des chroniqueurs,
des romanciers et des poètes.

II

Le roi des Huns, avant notre temps, semblait une sorte d'énigme
historique et légendaire. Voltaire, dans la préface de l'*Attila* de
Corneille, s'exprime en termes qui font sourire : « Il est très vraisemblable que cet Attila, très peu connu des historiens, était un
homme d'un mérite rare dans son métier de brigand. Un capitaine
de la nation des Huns qui força l'empereur Théodose à lui payer
tribut, qui savait discipliner ses armées, les recruter chez ses
ennemis mêmes, et nourrir la guerre par la guerre ; un homme qui
marcha en vainqueur des portes de Constantinople aux portes de
Rome, et qui, dans un règne de dix ans, fut la terreur de l'Europe
entière, devait avoir autant de politique que de courage ; et c'est
une grande erreur de penser qu'on puisse être conquérant sans avoir
autant d'habileté que de valeur. « Personne, ajoute Voltaire, ne
nous a donné des détails historiques sur ces temps malheureux.

Évidemment Voltaire n'avait lu ni les *Chroniqnes* de Prosper
d'Aquitaine, ni les *Epîtres* de Sidoine Apollinaire, ni le *Voyage* de
Priscus le savant grec, ni l'*Histoire* de Jornandès ; encore moins

Voltaire a-t-il connu les chants nationaux de la Germanie et le poème des *Nibelungen* où Attila occupe une si large place.

C'est à un homme de notre temps, M. Amédée Thierry, qu'était réservé l'honneur d'écrire une histoire complète d'Attila. Sans méconnaître l'aide (il le proclame lui-même) qu'il a trouvée dans plusieurs érudits hongrois, on peut dire que notre compatriote est le premier et le véritable historien de ces temps obscurs.

L'*Histoire d'Attila et de ses successeurs* (qui en est à sa 4ᵉ édition) mérite tout le succès qu'elle a obtenu. M. Amédée Thierry a le premier ou du moins le plus indispensable des mérites pour l'historien, j'ajouterais volontiers pour l'auteur dramatique : la clarté ! J'ajoute vite qu'il a d'autres mérites également précieux : le sang-froid au milieu même des événements qui peuvent le plus émouvoir le cœur, une habileté rare à démêler l'écheveau des complications politiques, une érudition qui ne se perd jamais dans les détails et sait en dégager les faits principaux, enfin un style net et facile qui ne recherche point sans doute l'expression pittoresque, mais qui trouve l'expression vraie et saisissante.

M. Amédée Thierry a coordonné tout ce qui avait été avant lui écrit sur Attila, et je ne croyais pas qu'aucun document eût échappé à l'éminent écrivain ; je ne vois pas cependant qu'il cite et je ne crois pas qu'il ait connu une brochure très intéressante intitulée : *Attila dans les Gaules en* 451, par un ancien élève de l'École polytechnique (Paris, 1833, in-8°). L'auteur suit étapes par étapes Attila dans sa lutte avec Aétius, comme il ferait pour la campagne de 1815 et pour le duel également épique de Napoléon et de Wellington.

La partie la plus intéressante du livre de M. Amédée Thierry, pour le poète dramatique au moins, consiste dans les chapitres intitulés : *Histoire légendaire d'Attila.* C'est un résumé des légendes et traditions germaniques, latines et hongroises. L'historien nous guide à travers ce dédale avec une habileté, une sûreté de coup d'œil, qu'on ne saurait trop louer.

Je ne le suivrai pas dans le détail de ces recherches aussi ingénieuses que savantes, et j'indiquerai seulement quelques-unes des sources où il a puisé.

Parmi les traditions latines, l'explication du mythe *Attila flagellum Dei* (*fléau* ou *fouet de Dieu*), le récit à demi historique, à demi légendaire de la rencontre d'Attila et de saint Léon, l'histoire, également semi-légendaire et historique de sainte Geneviève, de saint Aignan et de saint Loup, tout cela forme un tableau vivant et animé. On y remarque la confusion constante de l'histoire et de la légende, au point qu'il est souvent presque impossible de distinguer l'une de l'autre. La physionomie d'Attila, comme celle de Charlemagne, a

subi cette transformation que l'imagination des peuples et la poésie
ne manquent jamais d'apporter à la figure des hommes qui ont
consolé ou effrayé le monde.

Il semble toutefois que les traditions latines se rapprochent plus
de l'histoire pure que les traditions germaniques. Parmi ces dernières, il faut citer d'abord le poème des *Nibelungen*.

Le poème des *Nibelungen* a été publié pour la première fois, dans
sa forme primitive, d'après le manuscrit de Saint-Gall, par M. Han-
rich van der Hagen, à Berlin, en 1807, à Breslau, en 1820. En 1781,
Chrétien-Henri Müller en avait publié le texte, mais sans glossaire.
En 1834, à Tübingen, M. Schœnhuth a publié une édition très savante de ce poème, d'après le manuscrit appartenant au baron Joseph
de Lassberg. Ce baron de Lassberg était un bibliophile enthousiaste;
il eut l'idée originale de faire imprimer sur les quatre murs de la
grande salle des Chants de son château le manuscrit des *Nibelungen*,
dont il était l'heureux propriétaire.

En 1839, Mᵐᵉ Moreau de la Meltière publia, en deux volumes in-8°,
chez Joubert, une traduction française littérale des *Nibelungen*. Les
notes en sont extrêmement curieuses, et je regrette que cette édition ne soit pas plus répandue.

Enfin, en 1866, M. Émile de Laveleye publiait à Bruxelles, chez
Lacroix, une traduction de la *Saga des Nibelungen dans les Eddas
et dans le Nord scandinave*, précédée d'une étude très savante sur
la formation des épopées nationales.

Dans les *Nibelungen*, le véritable Attila, l'Attila de l'histoire dis-
paraît entièrement; c'est le roi le plus loyal, le plus désintéressé, le
plus généreux, c'est même le meilleur des maris, et M. Amédée
Thierry dit avec raison : « Cet Attila ressemble fort peu, on l'avouera,
au furieux polygame qui avait une légion de femmes et un peuple
d'enfants ! »

Je reconnais bien davantage Attila dans les poèmes et traditions
des Germains orientaux et occidentaux, des Francs, des Anglo-
Saxons et des Scandinaves. Entre tous ces poèmes, je citerai seulement *Walter d'Aquitaine*, parce que le drame qui va être soumis
au jugement du public s'y trouve à l'état de germe.

Herric, roi des Burgondes, a une fille, *la perle de Burgondie*,
qui est livrée en otage au roi des Huns ; mais Hildegonde est fiancée
à Walter, fils du roi d'Aquitaine. Après un nombre infini d'aven-
tures, Hildegonde (probablement, car la tradition est sur ce point
incomplète) venge, en tuant Attila, sa pudeur outragée et la mort
de Walter. Ici, la légende se rapproche complètement de l'histoire.
Cette mort d'Attila, sur laquelle il y a deux versions, M. A. Thierry
la raconte ainsi :

*

« Pendant l'hiver de 453, à son retour de l'expédition d'Italie,
et au moment où il se préparait à envahir l'empire d'Orient,
Attila eut la fantaisie de se marier, d'ajouter une nouvelle femme
à cette légion d'épouses et de concubines dont nous parlent les
historiens. Séduit par la beauté d'Ildico, il la mit dans son lit ;
mais le lendemain, comme il tardait à paraître et qu'un morne
silence régnait dans la chambre nuptiale, les gardes enfoncèrent la
porte et ne trouvèrent à la place de leur maître qu'un cadavre étendu
dans une mare de sang : auprès du lit se trouvait la nouvelle épouse,
enveloppée dans son voile. Cette mort était-elle naturelle ? La rupture
d'un vaisseau avait-elle étouffé le roi hun pendant son sommeil ?
Avait-il été assassiné, et sa jeune femme se trouvait-elle l'unique
auteur du meurtre ou le complice d'une conspiration ? Ces conjec-
tures diverses coururent en même temps le monde barbare et le
monde romain. L'hypothèse que le crime d'Ildico n'aurait pas été
un acte isolé, mais l'effet d'un complot, semble corroborée par les
précautions mêmes que les fils du roi et les principaux chefs des
Huns prirent pour expliquer sa mort.

« Aucun écrivain contemporain ne s'explique sur ce sujet si contro-
versé plus tard. Dans le siècle suivant, on voit se produire collaté-
ralement les deux versions principales avec leurs variantes. Cassio-
dore nous dit, dans sa Chronique, que le roi des Huns fut emporté
par une hémorrhagie nasale ; le comte Marcellin, homme lettré et
ordinairement bien informé, le fait mourir d'un coup de couteau
que lui porte une femme... Jornandès cite le chant funèbre où l'on
proclame que la mort d'Attila ne demande point de vengeance.
Agnellus, l'historien des pontifes de Ravenne, écrit qu'Attila périt
poignardé par une misérable femme. Le poète saxon de Charlemagne,
qui écrivait à la fin du neuvième siècle, ajoute que cet assassinat fut
la punition d'un crime. C'est la main d'une femme, s'écrie-t-il, qui
a précipité le roi des Huns au fond du Tartare. La nuit avancée
soufflait sur tout ce qui respire une torpeur profonde, et Attila, chargé
de vin, s'était endormi ; mais sa cruelle épouse ne dormait pas. L'ai-
guillon de la haine la tint en éveil durant cette nuit terrible, et, reine,
elle trancha les jours du roi par un odieux attentat. Pourtant ce
crime n'était qu'une vengeance ; elle faisait payer à son mari la
mort de son père assassiné. »

Voilà, sur ce sujet, l'histoire et la légende : mort naturelle ou
mort violente. Corneille a adopté la mort naturelle, le poète allemand
Werner a choisi l'hypothèse de la mort violente. On verra à quelle
version, en la modifiant toutefois, je me suis arrêté.

Attila, du reste, n'a pas tenté un très grand nombre de poètes ;
on dirait que la muse recule effrayée devant le monstre ; la biblio-

graphie attiléienne ne sera pas longue, et je crois bien que je la donne ici pour la première fois, aussi complète que possible.

Au sixième siècle, un auteur resté inconnu écrivit un poème, *Attila*, en vers latins. Il a trait seulement à la première expédition d'Attila dans les Gaules et à la légende de Walter. Ce poème a été publié en 1780, à Leipzig (1 vol, in-4°), par Jonathan Fischer. En 1792, Fischer publia la suite de ce poème. Cette seconde partie est plus inconnue encore que la première; j'ai eu le bonheur de la découvrir, reliée avec la première, dans le bel exemplaire que la bibliothèque de l'Arsenal possède.

En 1838, un poète anglais publia un grand poème de sa composition, *Attila;* il a pour sujet le triomphe du christianisme après l'insuccès définitif des entreprises du roi des Huns.

Un écrivain anglais, G. P. R. James, l'auteur de plusieurs autres ouvrages, *The Gipsy*, *Mary of Burgundy*, etc., a donné, en 1837, un roman, *Attila*, dans la manière de Walter Scott; c'est un tableau très animé et très dramatique souvent.

En France, après l'*Attila* de Corneille (dont je parlerai en finissant, ainsi que de l'*Attila* de Werner), le roi des Huns n'a guère excité l'imagination des romanciers et des poètes.

M. Maurice Sand, dans son roman d'*Augusta*, a raconté la mort d'Attila, d'après les traditions germaniques. Il y a beaucoup de talent dans cette œuvre, où la rapidité de l'action tient constamment le lecteur en haleine. Le caractère d'Hildegonde, plus féroce qu'Attila lui-même, rappelle celui que Werner a donné dans son drame à la même héroïne; mais il y a peut-être plus de terreur encore dans le beau roman de M. Maurice Sand que dans le drame de Werner.

Je ne connais pas d'autre roman où Attila joue un grand rôle.

Dans sa *Gaule poétique*, Marchangy a donné l'esquisse d'un poème à écrire sur Attila, mais un plan ne suffit pas.

Hippolyte Bis a donné, le 26 avril 1822, une tragédie en cinq actes, *Attila;* c'est Joanny qui jouait le principal rôle; Provost y représentait le fils d'un ambassadeur byzantin, Mlle Georges y jouait le rôle de Geneviève. La scène se passe aux Champs Catalauniques. C'est une tragédie selon la mode du temps, qui contient de belles scènes et de beaux vers. J'aime à y relever un trait rempli de grandeur. Marcomir demande à Attila la liberté d'une captive, femme de Mérovée.

MARCOMIR

Oui, des fers d'Attila j'espère l'affranchir;
Rends-lui la liberté, ses gardes, son cortège.

ATTILA

Je ne puis.

MARCOMIR

Avec moi, tout parle pour Elphège,
Sa jeunesse, ses pleurs, ses grâces, sa vertu,
Sa beauté si touchante...

ATTILA

Elle est belle, dis-tu !

Elle est libre !

Le mot a une grande allure. Seulement Attila n'avait pas tant de délicatesse ni de crainte devant une belle femme.

M. Charles Calemard de la Fayette a fait imprimer, au Puy, en 1867, une tragédie, *Attila*, qui mériterait les honneurs de la scène ; elle est surtout remarquable par la couleur historique et la peinture des mœurs farouches des Huns.

Pour ne rien oublier, je note une tragédie, *la Mort d'Attila*, par M. N. Cornevin, imprimée en 1877, et que j'engage les amateurs à lire ; Attila joue également un rôle dans un poème dramatique d'une large allure, *la Mêlée des races*, par M. de Strada, imprimée en 1874.

J'arrive enfin, pour m'y arrêter plus à loisir, sur les deux grandes œuvres dramatiques dont Attila est le sujet : la tragédie de Corneille et le drame de Werner.

III

Il n'est personne qui, dès que l'on nomme l'*Attila* de Corneille, ne cite immédiatement l'épigramme si connue de Boileau :

Après l'*Agésilas*,
Hélas !
Mais après l'*Attila*,
Holà !

L'opinion générale est que c'est là une critique dédaigneuse de l'*Attila*. Je demande cependant à expliquer pourquoi l'opinion me semble se méprendre sur l'intention de Boileau.

D'abord Corneille, en qui le génie n'empêchait sans doute ni la clairvoyance ni une susceptibilité bien légitime, prit le *holà !* pour un éloge et le tourna à son avantage, à ce que rapporte Monchesnay ; ensuite, Boileau lui-même, dans sa neuvième satire, a expliqué clairement la pensée de l'épigramme :

Un clerc, pour quinze sous, *sans craindre le holà*,
Peut aller au parterre attaquer Attila.

Si le clerc a tort de ne pas *craindre le holà*, c'est que ce *holà*
l'invite à ne pas attaquer l'œuvre du poète. Je sais bien qu'un ancien
commentateur de Boileau prétend que le satirique a mis dans son
épigramme une ambiguïté volontaire… Singulier compliment! Il me
semble que le premier mérite d'une épigramme doit être la clarté.

De plus, Boileau, malgré sa préférence pour Racine, n'était pas
homme à méconnaître ce qu'il y a de force dans l'*Attila* de Corneille; il ne pouvait songer non plus à en nier le succès, qui fut très
grand pour l'époque (vingt représentations consécutives, et trois
autres dans la même année). Ce succès ne fut pas moins grand
auprès des connaisseurs que devant la foule, et M. Marty-Laveaux,
dans son excellente édition de Corneille, nous le prouve, en citant
quelques fragments d'une lettre en vers, de Robinet :

> Cette dernière des merveilles
> De l'aîné des fameux Corneilles
> Est un poème sérieux,
> Où cet auteur si glorieux,
> Avecque son style énergique,
> Des plus propres pour le tragique,
> Nous peint, en peignant Attila,
> Tout à fait bien ce siècle-là,
> Et de telle façon s'explique
> En matière de politique,
> Qu'il semble avoir, en bonne foi,
> Été grand ministre et grand roi.
> Tel est enfin ce grand ouvrage
> Qu'il ne se sent point de son âge,
> Et que d'un roi des plus mal nés,
> D'un héros qui saigne du nez,
> Il a fait, malgré les critiques,
> Le plus beau de ses dramatiques.

Par toutes ces raisons, il me semble évident que le fameux *hola*
de Boileau n'est point une attaque contre la tragédie de Corneille.
D'ailleurs *holà* signifie *halte-là!* c'est-à-dire : Arrêtez-vous, lecteur,
devant l'œuvre du poète, avec le respect qu'elle mérite.

Ce que j'en dis n'empêchera pas les railleurs de répéter en mauvaise part le *holà* de Boileau, et de me l'appliquer à mon tour. Je
m'en consolerais volontiers, si, en l'appliquant désormais à moi

seul, on épargnait cette petite injure à la mémoire de Corneille, ou, pour mieux dire, au bon goût de Boileau.

L'*Attila* de Corneille, sans être le *plus beau de ses dramatiques*, comme l'affirme Robinet, n'est point indigne de *Cinna* et de *la Mort de Pompée*. C'est un autre genre de tragique, voilà tout ; car il est à remarquer que Corneille avait l'esprit toujours porté à chercher une nouvelle forme, un nouveau moule où répandre sa pensée, et dans ses pièces les moins heureuses, comme *Agésilas* ou *Théodore*, il faut au moins reconnaître ce travail incessant du génie en ébullition.

Examinons un peu cet *Attila*, qui fut l'occasion, sinon la victime, d'une épigramme fort médiocre d'ailleurs. Corneille explique lui-même, dans sa préface, la façon dont il a compris le caractère de son héros : « Il était plus homme de tête que de main, tâchait à diviser ses ennemis, ravageait les peuples indéfendus, pour donner de la terreur aux autres et tirer tribut de leur épouvante... Il croyait fort aux devins, et c'était peut-être tout ce qu'il croyait. Il envoya par deux fois demander à l'empereur Valentinien sa sœur Honorie, avec de grandes menaces, et en attendant il épousa Ildione... Il est constant qu'il mourut la première nuit de son mariage avec elle. Marcellin dit qu'elle le tua elle-même, et je lui en ai voulu donner l'idée quoique sans effet. »

Il était plus homme de tête que de bras... C'est à ce point de vue que se place Corneille ; il s'est proposé de peindre l'Attila diplomate et non l'Attila conquérant. Le roi des Huns veut choisir sa femme entre deux princesses, Honorie, sœur de l'empereur romain, et Ildione, sœur de Mérovée, roi des Francs ; mais ce n'est pas qu'il aime l'une plus que l'autre, il veut seulement attirer *les plus dangereux coups* sur Ardaric, roi des Gépides, et Valamir, roi des Ostrogoths, en leur remettant le soin de décider pour lui entre les deux princesses. Sur cette donnée, un peu compliquée sans doute, Corneille a bâti sa tragédie tout entière et a trouvé des scènes pleines de profondeur et d'originalité. Voltaire (avec un dédain qui retombe sur lui-même) ne veut pas même examiner cette œuvre si curieuse : « La raison qui m'a empêché d'entrer dans aucun détail sur *Agésilas* m'arrête pour *Attila ;* et les lecteurs qui pourront lire ces pièces me pardonneront sans doute de m'abstenir des remarques ; je suis sûr du moins qu'ils ne me pardonneraient pas d'en avoir fait. »

Voltaire, qui n'a jamais goûté dans Corneille que les beautés indéniables, ne s'est pas même donné la peine nécessaire pour comprendre l'*Attila*. J'accorde que l'action en est d'abord confuse et qu'il faut beaucoup d'attention pour bien saisir le jeu de tous les ressorts imaginés par le poète ; mais si l'on surmonte les premières difficultés, on sera largement payé d'un travail moins pénible qu'il ne semble ; on admirera surtout l'art merveilleux avec lequel Corneille tire d'un sujet tout ce que ce sujet peut donner ; on admirera cette ingéniosité dans la grandeur qui est la marque particulière du génie cornélien.

Voltaire parle, avec bien de l'irrévérence également, du style de Corneille, *devenu encor plus incorrect et plus raboteux dans ses dernières pièces..* Voltaire était de l'école de Racine, et c'est une des raisons qui le poussent à tant de sévérité envers Corneille. Il serait heureux cependant, pour la mémoire de Voltaire, que ses tragédies à lui eussent les qualités ou même les défauts de Corneille, car il est des hommes dont les défauts ont une allure de génie que l'on ne trouverait point dans les qualités des autres écrivains.

Je ne crois pas, par exemple, que Voltaire eût trouvé les deux premiers vers par lesquels Attila ouvre la tragédie de Corneille :

> Ils ne sont pas venus, nos deux rois ; qu'on leur die
> Qu'ils se font trop attendre et qu'Attila s'ennuie !

L'orgueil du vainqueur sauvage pourrait-il s'exprimer avec plus de force et de dédain ?

Je ne crois pas non plus que Voltaire eût pu écrire jamais le dialogue du troisième acte entre Attila et Honorie.

HONORIE

> Parle de tes fureurs et de leur noir ouvrage ;
> Il s'y mêle peut-être une ombre de courage ;
> Mais bien loin qu'avec gloire on puisse t'imiter,
> La vertu des tyrans est même à détester.
> Irais-je à ton exemple assassiner mon frère ?
> Sur tous mes alliés répandre ma colère ?
> Me baigner dans leur sang et d'un orgueil jaloux...

ATTILA

> Si nous nous emportons, j'irai plus loin que vous,
> Madame.

Ce dernier vers est d'une simplicité terrible dont on citerait peu d'exemples au théâtre.

Non, il ne faut pas condamner si vite les poètes tels que Corneille. J'avoue que j'ai été surpris d'abord du dénoûment auquel il a donné la préférence : Attila mourant d'une hémorrhagie naturelle ne me semblait plus un spectacle assez noble pour le théâtre ; mais, en y réfléchissant, je me suis rendu compte de la pensée du poëte. Corneille a voulu peindre l'Attila diplomate, le fourbe, le dresseur d'embûches souterraines ; il ne pouvait donc, dans la logique de son idée, donner à Attila la fin grandiose de l'assassinat ; il le fait mourir comme il l'a montré vivant dans son drame :

> Écoutez
> Comme enfin l'ont puni ses propres cruautés,
> Et comme heureusement le ciel vient de souscrire
> A ce que nos malheurs vous ont fait lui prédire.
> A peine sortions-nous pleins de trouble et d'horreur,
> Qu'Attila recommence à saigner de fureur.
>
> . . . .
> De ce sang renfermé la vapeur en fûrie
> Semble avoir étouffé sa colère et sa vie,
> Et déjà de son front la funeste pâleur
> N'opposait à la mort qu'un reste de chaleur,
> Lorsqu'une illusion lui présente son frère,
> Et lui rend tout d'un coup la vie et la colère.
>
> . . . .
> Sa vie à longs ruisseaux se répand sur le sable.
> Chaque instant l'affaiblit et chaque effort l'accable...
> Et sa fureur dernière épuisant tant d'horreurs,
> Venge enfin l'univers de toutes ses fureurs.

Corneille avait une autre raison pour ne pas faire tuer Attila par Ildione, ce qui lui aurait donné le rôle de Judith tuant Holopherne endormi. Judith agit dans l'ordre divin, Dieu lui a permis de tuer n'importe par quel moyen ; mais Ildione est dans l'ordre purement humain : tuer Attila dans son sommeil ou lui verser du poison, ce serait un assassinat pur et simple, ce ne serait pas même la lutte sauvage et légitime entre le bourreau et la victime qui se révolte.

Disons-le donc de nouveau, l'*Attila* de Corneille est bien loin d'être indigne de ce grand génie, et je n'aurais pas eu l'audace de traiter après lui ce sujet, si je ne l'avais considéré à un point de vue tout différent. J'en viens au drame allemand de Werner, qui parut en 1808. Il n'a pas été, que je sache, traduit en français, et j'ai eu beaucoup de peine à m'en procurer le texte en Allemagne même.

Mme de Staël, dans son admirable livre *de l'Allemagne*, en donne une rapide analyse, et je ne saurais mieux faire que de la reproduire en partie. « L'auteur prend l'histoire de ce fléau de Dieu au moment de son arrivée devant Rome. Le premier acte commence par les gémissements des femmes et des enfants qui s'échappent d'Aquilée en cendres; et cette exposition en mouvement, non seulement excite l'intérêt dès les premiers vers de la pièce, mais donne une idée terrible de la puissance d'Attila… Un seul homme, multiplié par ceux qui lui obéissent, remplit d'épouvante l'Asie et l'Europe. Quelle image gigantesque de la volonté absolue ce spectacle n'offre-t-il pas! »

Cette dernière phrase est certainement une de celles qui déplurent aux censeurs de 1810 et qui attirèrent à Mme de Staël la fameuse lettre par laquelle le duc de Rovigo lui signifiait le décret d'exil.

« A côté d'Attila est une princesse de Bourgogne, Hildegonde, qui doit l'épouser, et dont il se croit aimé. Cette princesse nourrit un profond sentiment de vengeance contre lui, parce qu'il a tué son amant et son père. Elle ne veut s'unir à lui que pour l'assassiner, et, par un raffinement singulier de haine, elle l'a soigné lorsqu'il était blessé, de peur qu'il ne mourût de l'honorable mort des guerriers… C'est un caractère mystérieux, qui a d'abord un grand empire sur l'imagination; mais, quand ce mystère va toujours croissant, quand le poète laisse supposer qu'une puissance infernale s'est emparée d'elle, et que non seulement, à la fin de la pièce, elle immole Attila pendant la nuit de ses noces, mais poignarde à côté de lui son fils âgé de quatorze ans, il n'y a plus de trait de femme dans cette créature, et l'aversion qu'elle inspire l'emporte sur l'effroi qu'elle peut causer. »

Après avoir raconté le reste de la pièce et insisté sur la belle scène entre Attila et le pape Léon, Mme de Staël termine ainsi :

« On voudrait que la tragédie finît là, et il y aurait déjà bien assez de beautés pour plusieurs pièces bien ordonnées; mais il arrive un cinquième acte, pendant lequel Léon, qui est un pape beaucoup trop initié dans la théorie mystique de l'amour, conduit la princesse Honorie dans le camp d'Attila, le nuit même où Hildegonde l'épouse et l'assassine. Le pape, qui sait d'avance cet événement, le prédit sans l'empêcher, parce qu'il faut que le sort d'Attila s'accomplisse. Honorie et le pape Léon prient pour Attila sur le théâtre. La pièce finit par un *alleluia*, et, s'élevant vers le ciel comme un encens de poésie, elle s'évapore au lieu de se terminer. »

Comme on peut le voir déjà d'après cette analyse, l'œuvre de Werner est puissante et dramatique, à l'excès peut-être. Son défaut est dans la dispersion et, il faut le dire, dans l'incohérence de l'action; son mérite principal est dans la grandeur de certaines scènes, et surtout dans le style que Mme de Staël apprécie de la sorte :
« La versification de Werner est pleine des admirables secrets de l'harmonie, et l'on ne saurait donner en français l'idée de son talent à cet égard. »

J’essayerai cependant d’en donner l’idée, en demandant grâce pour la faiblesse de ma traduction. Voici le chœur des guerriers huns devant Aquilée en flammes et prise d’assaut, répondant au chœur des vaincus.

PEUPLE D’AQUILÉE

Malheur, malheur, malheur à nous infortunés !
    Le glaive d’Attila nous a atteints !
    Le fléau de Dieu nous a frappés !
    On ne peut lui échapper.

CHŒUR DES HUNS

Anathème, anathème sur vous !
Que les criminels soient maudits !
Attila conduit le glaive de la vengeance ;
Il est ensanglanté, mais juste,
Car il t’atteindra, toi, race dégénérée.

Voici encore un échantillon du dialogue dans Werner. On amène devant Attila un jeune homme et une jeune femme accusés d’adultère.

ATTILA (*à la femme*).

Parle, as-tu choisi librement l’homme
Qui est uni à toi par le mariage ?

LA FEMME

Non, je fus contrainte.

ATTILA

Qui te contraignit ?

LA FEMME

Ma mère.

ATTILA (*à la mère*)

As-tu fait cela ?

LA MÈRE

Je ne peux le nier.

ATTILA (*au jeune homme*)

As-tu connu l’homme que tu as déshonoré ?

PLUSIEURS GUERRIERS

Il était son frère d’armes.

ATTILA

Tuez-le à coups de massues, parce qu'il a trahi l'amitié.
Toi, jeune femme, tu es libre, car tu n'étais pas réellement unie
        A l'homme que tu n'as pas choisi.
Quant à l'époux, chassez-le dans le camp des Romains,
        Parce que le lâche ne sut pas conquérir l'amour
        Qui toujours est favorable et gracieux.
        Mais la mère sera noyée, car c'est pire
        Qu'un meurtre que de forcer les cœurs
        A ce qui est le libre jeu de la vie.

Ce qu'il y a de neuf dans le drame de Werner, c'est, à un certain
endroit du moins, le sentiment de la fatalité historique. Attila,
dans Werner, est un peu l'*homme du destin*, une force aveugle et
inconsciente; mais alors on se demande pourquoi le poète le con-
damne et le frappe avec tant de rigueur.

Cet Attila, instrument de la fatalité, M. Victor Hugo, dans la nouvelle série de la *Légende des siècles*, l'a représenté comme l'apôtre
formidable de la misère, la victime armée de la soif et de la faim.
Il faut reproduire ce sombre dialogue derrière lequel flamboient ces
larges éclairs que le génie allume dans je ne sais quelle forge de
titan. La pièce est intitulée : *Aide offerte à Majorien, prétendant
à l'empire;* Majorien est debout à un créneau de son camp; une
horde immense emplit l'horizon.

UN HOMME DE LA HORDE

Majorien, tu veux de l'aide. On t'en apporte.

MAJORIEN

Qui donc est là ?

L'HOMME

La mer des hommes bat ta porte.

MAJORIEN

Peuple, quel est ton chef?

L'HOMME

Le chef s'appelle Tous.

MAJORIEN

As-tu des tyrans?

L'HOMME

Deux : faim et soif.

MAJORIEN

Qu'êtes-vous?

L'HOMME

Nous sommes les marcheurs de la foudre et de l'ombre.

MAJORIEN

Votre pays?

L'HOMME

La nuit.

MAJORIEN

Votre nom?

L'HOMME

Les Sans nombre.

MAJORIEN

Ce sont vos chariots qu'on voit partout là-bas?

L'HOMME

Quelques-uns seulement de nos chars de combats;
Ce que tu vois ici n'est que notre avant-garde.
Dieu seul peut nous voir tous quand sur terre il regarde.

MAJORIEN

Qu'est-ce que vous savez faire en ce monde?

L'HOMME

Errer.

MAJORIEN

Vous qui cernez mon camp, peut-on vous dénombrer?

L'HOMME

Oui.

MAJORIEN

Pour passer ici devant l'aigle romaine,
Combien vous faudra-t-il de temps?

L'HOMME

Une semaine.

MAJORIEN

Qu'est-ce que vous voulez?

L'HOMME

Nous nous offrons à toi,
Car avec du néant nous pouvons faire un roi.

MAJORIEN

César vous a vaincus.

L'HOMME

Qui, César?

MAJORIEN

                    Nul ne doute
Que Dentatus n'ait mis vos hordes en déroute.

L'HOMME

Va-t'en le demander aux os de Dentatus.

MAJORIEN

Spryx vous dompta.

L'HOMME

Je ris.

MAJORIEN

            Cimber vous a battus.

L'HOMME

Nous n'avons de battu que le fer de nos casques.

MAJORIEN

Qui donc vous a chassés jusqu'ici ?

L'HOMME

                    Les bourrasques,
Les tempêtes, la pluie et la grêle, le vent,
L'éclair, l'immensité; personne de vivant.
Nul n'est plus grand que nous sur la terre où nous sommes ;
Nous fuyons devant Dieu, mais non devant les hommes.
Nous voulons notre part des tièdes horizons.
Si tu nous la promets, nous t'aidons. Finissons.
Veux tu de nous? La paix. N'en veux-tu pas? La guerre.

MAJORIEN

Me redoutez-vous?

L'HOMME

Non.

MAJORIEN

Me connaissez-vous?

L'HOMME

                    Guère.

MAJORIEN

Que suis-je pour vous?

L'HOMME

Rien. Un homme. Le Romain.

MAJORIEN

Mais où donc allez-vous?

L'HOMME

La terre est le chemin,
Le but est l'infini, nous allons à la vie.
Là-bas une lueur immense nous convie.
Nous nous arrêterons lorsque nous serons là.

MAJORIEN

Quel est ton nom à toi qui parles?

L'HOMME

Attila.

Je suis resté longtemps rêveur devant ces magnifiques vers. M. Victor Hugo n'excuse certes point Attila, mais il explique son passage et son triomphe rapide sur la terre. Ozanam, le philosophe catholique, considère à un autre point de vue la mission d'Attila; il le regarde comme l'envoyé de Dieu qui veut punir l'humanité en la préparant à des destinées meilleures. Werner (qui visait le Napoléon d'Iéna) demande cependant pour Attila la prière du prêtre et le pardon divin. Victor Hugo, Werner, Ozanam semblent absoudre, non point les Attila, mais la divinité qui, à de certaines heures, lâche de pareils monstres sur le monde; mais, je le répète, ils ne songent pas à absoudre le monstre lui-même.

On me pardonnera, je l'espère, d'avoir été plus absolu encore. J'ai considéré le monstre seul, et j'ai cherché à inspirer pour lui toute la haine que je ressens pour l'oppression, le despotisme, les triomphes injustes, pour ce que Victor Hugo appelle si bien *les crimes de la gloire.*

C'est toujours une entreprise délicate que de donner une seconde œuvre dramatique après le succès de la première. Le public a fait à *la Fille de Roland* un accueil dont le souvenir, quoiqu'il me pénètre de reconnaissance, m'effraye aujourd'hui; mais, si l'espoir de mériter deux fois les suffrages de ce public est bien téméraire, j'ose cependant espérer son indulgence pour un travail de quatre années : *insano indulgere labori,* dit Virgile.

Paris. — E. RENSOYE et FILS, imprimeur, place du Panthéon, 5.

PARIS. — E. DE SOYE ET FILS, IMPR., 5, PL. DU PANTHÉON.